THE MAGIC BORDER

ARLO PARKS

THE MAGIC BORDER

Poèmes et fragments de *My Soft Machine*

Traduit de l'anglais (Royaume-Uni)
par Marguerite Capelle

Photographies de Daniyel Lowden

Robert Laffont

Titre original : *The Magic Border: Poetry and Fragments from My Soft Machine*

Published by arrangement with 4th Estate, 1 London Bridge Street, London SE1 9GF

ISBN 978-2-221-27186-5
Dépôt légal : septembre 2023
Éditions Robert Laffont – 92, avenue de France 75013 Paris

À mon petit frère Axel,
à toutes celles et ceux qui m'ont abreuvée d'amour,
et à Ash, ma fleur bleue étoilée, ma meilleure amie en ce monde.

Note de l'autrice

Écrire de la poésie, pour moi, c'est toujours regarder vers l'intérieur. Je désamarre et traverse les eaux salées de mon propre corps, laisse éclater mes capillaires et déborder mes yeux. Je navigue à la frontière entre confort et prise de risque, avec la peur délicieuse de trop en découvrir, ou trop en dire. Ce recueil est le fruit de cette exploration intime. Avec à l'intérieur, pêle-mêle, tout ce qui me fâche, tout ce qui me donne le vertige, me rend triste, ou incroyablement heureuse d'être en vie – je parle le langage des extrêmes.

À l'époque où ce livre prenait forme, j'étais avec mon amie Laetitia dans son petit van Subaru rouge, par un mercredi orageux du Sud californien (dans nos mains, des sacs en papier kraft remplis de burrata et d'anchois, avec un peu d'eucalyptus à suspendre dans la douche). Nous parlions de renforcer nos communautés et j'ai compris à quel point l'écriture m'aide à me sentir visible – aux yeux des autres comme aux miens. Quand j'écris, j'ai le sentiment de m'exercer à adoucir les difficultés, puis à les extérioriser. C'est comme si je découvrais qui j'étais à l'échelle moléculaire, que je me rapprochais des personnes qui m'entourent à travers cette aventure intime et personnelle.

La poésie en particulier possède une magie chaotique, et j'ai toujours aimé ses épaisseurs multiples, son sens du flow. Écrire des poèmes ou des chansons, ce n'est pas la même chose : avec la poésie, j'explore et je réinvente la réalité. Je m'obstine à repousser la carapace d'acier de ce qui existe, et il y a quelque chose d'irrationnel, de fantastique. J'écris des chansons pour circonscrire et ainsi digérer le monde, j'écris des poèmes pour explorer ses possibilités.

Il m'a fallu près de vingt-trois ans pour partager mes poèmes avec d'autres que mes amis les plus chers – peut-être parce que quand j'écris, je pars dans un univers débridé, chargé d'émotions presque violentes, et parce que la poésie m'a toujours paru intime, sacrée. J'ai toujours vu la musique comme quelque chose que je pouvais offrir aux gens, un échange d'énergies. Adolescente, j'adorais gratter ma guitare dans un sous-sol humide devant cinq personnes, fermer les yeux en appuyant sur « envoi » dans SoundCloud, mais avec la poésie, c'était différent. La poésie était mon endroit, ma petite clairière dans les bois, où je pouvais déposer silencieusement tout ce que je gardais en moi. Je ne sais pas ce qui m'a donné le courage de vous ouvrir cet espace, mais je suis là, et je le fais.

Ce recueil a pris forme pendant une période de dix-huit mois où j'étais en perpétuel mouvement. Je tournais en Amérique du Nord, au Japon et en Australie, tout en composant mon deuxième album, *My Soft Machine*, pendant les rares moments de respiration. J'écoutais presque exclusivement « I Couldn't Say It to Your Face » d'Arthur Russell, en dormant quatre heures et demie par nuit, en proie à de violentes migraines. J'appelais ma compagne depuis le tour bus, en regardant défiler l'asphalte et les arbustes flous, je lui disais comment je me sentais sur une échelle d'un à dix, ce que j'avais mangé ce jour-là. Je bougeais tellement que j'avais l'impression que le temps se déformait, et l'écriture est devenue une source vitale d'ancrage et de stabilité. Les thèmes du disque se sont révélés progressivement (la survie, l'amour, l'autodestruction et la prise de conscience) et à mesure que ce processus de façonnage avançait, les poèmes ont commencé à affluer. Je remplissais rageusement des carnets de notes et des journaux ; les pensées que je voulais garder intactes sont devenues des poèmes, celles que je voulais prendre et modeler telle de l'argile sont devenues des chansons.

Adrienne m'a expliqué que son tatouage représente l'herbe des prairies. Une pastèque glacée descendue dans un puits. Les essais de Maria Popova sur le plan de travail, abîmés par l'eau. ESG (4 sœurs + Tito). La queue du chien blanchit l'été, comme saupoudrée de cendres. Une chakchouka avec des jaunes intacts dans une poêle noire en fonte.

Quand j'étais sur la route, la photographie a commencé à m'attirer de plus en plus, parce que c'est un médium qui permet d'aller au-delà des mots, de toucher à une autre dimension du sensible. J'ai pensé qu'inclure des paroles de chansons, des photographies et des poèmes dans ce livre permettrait de construire une image encore plus riche de qui je suis, émotionnellement parlant, et de ce que j'ai vu. J'ai rencontré le photographe Daniyel Lowden en 2020. Nous nous sommes promenés à Hampstead Heath, au milieu des premières fleurs de printemps, et il a pris des clichés de moi, surplombant la ville, en col roulé blanc. Ses photos et son amitié m'emplissent toujours de douceur (il est à mes côtés au moment où j'écris ces mots, vêtu d'un tee-shirt en coton rouge passé, il sirote une horchata et travaille son suédois). Soudain, ce livre de méditation très personnelle a fait éclore une exploration collaborative de ce qu'est l'intimité. Soudain, c'était comme lorsqu'un film vous bouleverse, et qu'une main se pose sur la vôtre, entre les larmes.

Je suis fière que mon premier livre soit un livre d'ami·es, conçu au rythme de longs coups de téléphone, de petits déjeuners et de conversations sur nos premiers amours, avec Grouper en fond sonore. Je suis fière d'avoir eu le courage de lui donner réalité. Je suis fière de vous montrer la vie qui scintille à travers mon propre objectif. Je refuse de dicter leurs réactions aux lecteur·ices, mais j'espère que ce qu'il vous inspirera sera de l'ordre de la tendresse. J'espère qu'en lisant mes textes, vous explorerez vos points sensibles. J'aimerais que vous buviez un café noir et appeliez votre sœur pour en parler, que vous y trouviez une protection, une familiarité, de l'amour. Ce livre n'est plus le mien. Il est à vous.

Happy Queer Film

for Elowen

It has been twenty-four years and we have finally found heaven.

Magnesium powder for the goldenrods, foraged blackberries
and pine marmalade, your eyes splintering against moss.

We make out like teenagers in the rainstorm, come in
wet-dark and glowing.

I pull my sweater over my head, get my records out.

You are designing wings
(it's your fourth set of sketches).

We do not speak to your grandmother anymore
but she has been forgiven.

We have many friends.
We pickle vegetables for each other, show love with a simple consistency.

The films we watched always made us feel
like we couldn't have this – a joyful ending, an ending where nobody's dead –
and despite everything here we are,
pressing asters into a book for our kid.

Un happy end queer

pour Elowen

Ça fait vingt-quatre ans et nous avons enfin trouvé le paradis.

Magnésium en poudre pour les gerbes d'or, mûres glanées dehors
et confiture de pin, éclats de tes yeux répandus sur la mousse.

Nous nous enlaçons telles des ados sous l'averse, finissons
trempées de noir et luisantes.

Je remonte mon pull sur ma tête, je sors mes disques.

Tu es en train de dessiner des ailes
(c'est ton quatrième jeu d'esquisses).

Nous ne parlons plus à ta grand-mère
mais elle est pardonnée.

Nous avons un tas d'amis.
On se prépare des pickles de légumes, on s'aime avec une constance simple.

Les films qu'on regardait autrefois nous donnaient l'impression
que jamais on n'aurait ça – une fin heureuse, une fin où personne ne meurt –
et malgré tout nous sommes là,
à glisser des asters entre les pages d'un livre pour notre enfant.

Bruiseless

SONG 1

I wish I was bruiseless
Almost everyone that I love has been abused
and I
am included
I feel so much guilt that I could not guard more people from harm
We listen to 'Loomer', lumps in my head I struggle to smooth
The person I love is patient with me, she's feeding me cheese and
  I'm happy like a peony
ripped by the
chain of a dirt bike
I just wish I was seven and blameless
Going over the handlebars
pollen sniffling over grazes
I just wish that my eyes were still wide

Effacer mes bleus

CHANSON 1

J'aimerais pouvoir effacer mes bleus
Presque tous ceux que j'aime ont subi la violence
et j'en
fais partie
Je culpabilise tellement de n'avoir pas su protéger plus de gens
On écoute « Loomer », j'ai des bosses plein la tête que j'essaie d'aplanir
La personne que j'aime est patiente avec moi, elle me donne du fromage et je suis heureuse comme une pivoine
arrachée par la chaîne d'un VTT
J'aimerais avoir sept ans et pouvoir effacer mes fautes
Passer par-dessus le guidon
du pollen reniflé sur mes éraflures
J'aimerais avoir encore les yeux grands

Plant It Deeper

I trust you with my gunk,
polyethylene silvering the reeds,
vomit on grey cotton.
Tonight I am pickled in it, rewatching *Jennifer's Body*, picking at a scab on my leg.

When I feel like acne seeping yellow from a jaw
you cram the air and salt back into me,

peeling oranges when I'm sick,
smoothing the top sheet and
talking
in feathers.

Plante ça plus profond

Je te confie ma fange,
polyéthylène argenté dans les joncs,
vomi sur coton gris.
Je marine dedans ce soir, je revois *Jennifer's Body* en grattant une croûte sur ma jambe.

Quand je me sens comme l'acné jaune qui suinte d'une mâchoire,
tu satures l'atmosphère et me réimprègnes de ton sel,

tu me pèles des oranges quand je suis malade,
tu lisses mes draps et me couvres de
mots
comme des plumes.

Big Bear

after Duval's song

Dragging boulders through steam
hoping to feel irreplaceable (to you at least).

You suck my tongue and that shocks me
(a seizure in sleep).

Golden teachers
lemon plasma
everything I write is for you, in a way
(a divine mutation).

Dusk eats the room.
I am suddenly bashful –
you pull me inside you,
we drink at the edge.

Big Bear

d'après la chanson de Duval

Traîner des rochers dans une étuve
dans l'espoir d'être irremplaçable (au moins pour toi).

Tu suces ma langue et c'est un choc
(syncope dans mon sommeil).

Golden Teachers
plasma jaune d'or
tout ce que j'écris est pour toi, quelque part
(mutation divine).

Le crépuscule dévore la pièce.
Je suis timide d'un coup –
tu m'attires en toi,
nous buvons en lisière.

Pegasus (with Phoebe)

SONG 7

Falling asleep, holding your puppy in your Prussian blue sheets never felt luckier than I do right now
tell me you love me let me have it
Blood on your fleece, gripping the curb and getting sick in the streets, never felt luckier than I do right
now under the stars you're trusting me

Blue jewels round your neck
You cool my distress
Loose cherries, hot breath I'm overwhelmed

I spun round and screamed 'I feel elated when you hold me'
Then you got shy and beamed 'I think it's special that you told me'

I think you're special cause you told me

Got the red eye, just to be near cause my head eats me alive, you're making sure I'm eating, I call my
mother just to tell her that I'm happy
I'll tell you the truth, being with someone always made me feel used then it would make me angry
cause I need love like a body needs sugar

(I need love)

Blue jewels round your neck
You cool my distress
Loose cherries, hard breath I'm overwhelmed

I spun round and screamed 'I feel elated when you hold me'
Then you got shy and beamed 'I think it's special that you told me'

I think it's special cause you told me

Pégase (avec Phoebe)

CHANSON 7

M'endormir, ton chiot dans mes bras entre tes draps bleu de Prusse
jamais je n'ai eu autant de chance qu'aujourd'hui
dis-moi que tu m'aimes laisse-moi savourer ça
Du sang sur ta polaire, s'agripper au trottoir et vomir dans la rue,
jamais je n'ai eu autant de chance
qu'aujourd'hui sous les étoiles tu t'en remets à moi

Des joyaux bleus autour de ton cou
Tu apaises ma détresse
Cerises éparses, souffle brûlant qui me bouleverse

J'ai tournoyé et j'ai crié : « Je me sens pousser des ailes quand tu m'enlaces »
Et puis soudain timide tu as souri : « Je trouve ça super de me l'avoir dit »

Je te trouve super de me l'avoir dit

J'ai pris le dernier vol, juste pour me rapprocher car ma tête me dévore,
tu veilles à ce que je mange, j'appelle ma
mère juste pour clamer mon bonheur
Je vais te dire la vérité, quand je suis avec quelqu'un je me sens toujours
utilisée puis en colère
car j'ai besoin d'amour comme le corps a besoin de sucre

(J'ai besoin d'amour)

Des joyaux bleus autour de ton cou
Tu apaises ma détresse
Cerises éparses, souffle brûlant qui me bouleverse

J'ai tournoyé et j'ai crié : « Je me sens pousser des ailes quand tu m'enlaces »
Et puis soudain timide tu as souri : « Je trouve ça super de me l'avoir dit »

Je te trouve super de me l'avoir dit

For Daniyel

I octopus myself for the sake of preserving
magic, purplish,
a kernel, cut star – the child
in me limps. Those little distortions within,
each sternum scarred, windows
and hearts open.

Duval sprawls through felt,
Somerset streams our eyes, the kindling curls.

Maybe if I'd known you when we were kids
I could've helped you figure it out.

Last night I dreamt that you never left.
Spiced chai and milk nimbus clouds.
You felt beautiful and they believed you.
(I miss you, big-heart.)

Pour Daniyel

Je me pieuvre rien que pour préserver
la magie, violacée,
un noyau, étoile découpée – l'enfant
en moi boitille. Ces petites distorsions intérieures,
chaque sternum balafré, fenêtres
et cœurs ouverts.

Duval se déploie à travers feutre,
Le Somerset ruisselle dans nos yeux, le petit bois se recroqueville.

Peut-être que si je t'avais connu enfant
j'aurais pu t'aider à trouver.

Hier soir j'ai rêvé que tu n'étais jamais parti.
Tchaï épicé et cumulonimbus de lait.
Tu te sentais beau et ils te croyaient.
(Tu me manques, grand cœur.)

Puppy

SONG 9

Summer spread its wings grilling meat and burning out
Grady lost his mother now he's sleeping on my couch

And I've never felt loss like that
And I pray I don't have to
See him staring way out, puppy dog trapped in a smoke-grey Honda
I know some things don't get easier
I know some things hurt forever
Hurt forever Hurt forever Hurt forever Hurt forever

August was a daze hell and heaven all at once
Spilling out the duplex lacerated by first love
And we're wishing we could take it back
And we're learning discomfort
And we know that when you make plans it doesn't go like that

I know some things don't get easier
I know some things hurt forever
Hurt forever Hurt forever Hurt forever Hurt forever

Shadow-boxing the fear of death, Wim Wenders movies and awkward sex, big mulberry stain on the
tennis dress I'm a star I don't care what your roommate says. Wonder if the world might make sense
when we've got three kids and our thirties end but we're all scared kids and it don't make sense,
we're all scared kids

I know some things don't get easier
I know some things hurt forever
Hurt forever Hurt forever Hurt forever Hurt forever

Jeune chien

CHANSON 9

L'été déployait ses ailes on faisait des grillades et on se consumait
Grady a perdu sa mère et maintenant il dort sur mon canapé

Et moi je n'ai jamais vécu ce genre de deuil
Et je prie pour que ça ne m'arrive pas
Il a le regard dans le vague, un jeune chien enfermé dans une Honda gris fumée
Je sais qu'il y a des choses qui ne seront jamais faciles
Je sais qu'il y a des choses qui nous blessent à jamais
Blessent à jamais Blessent à jamais Blessent à jamais

Août est passé dans un état second enfer et paradis à la fois
On s'échappait du duplex et nos premiers amours nous lacéraient
Et on voudrait pouvoir revenir en arrière
Et on découvre le malaise
Et on sait que rien ne se passe jamais comme prévu

Je sais qu'il y a des choses qui ne seront jamais faciles
Je sais qu'il y a des choses qui nous blessent à jamais
Blessent à jamais Blessent à jamais Blessent à jamais

Boxer dans le vide la peur de mourir, des films de Wim Wenders et du sexe maladroit, une grosse tâche de mûre sur la
robe de tennis je suis une star je me fous de ce que dira ta coloc. Je me demande si le monde aura un sens
quand on aura trois gosses et la trentaine passée mais on est tou·tes des mômes en panique et rien n'a de sens
on est tou·tes des mômes en panique

Je sais qu'il y a des choses qui ne seront jamais faciles
Je sais qu'il y a des choses qui nous blessent à jamais
Blessent à jamais Blessent à jamais Blessent à jamais

Amygdala

here I am again,
not crying but really wanting to
you have ruined me

absolutely

I have limits   I have limits   I have limits

Amygdale

c'est reparti pour un tour,
je ne pleure pas mais j'en meurs d'envie
tu m'as démolie

absolument

j'ai des limites   j'ai des limites   j'ai des limites

Devotion

SONG 3

Got me falling on my sword but I don't resent you
Shaking to Deftones, glitter in my bones, love you like I don't know better

Girl I want to protect you, I do oh
Your touch embroiders me
I'm wide open

All yours baby
Come down like a million tons
All yours baby
Flood me with your nervous love
All yours baby
Come down like a million tons
All yours baby

Now I got my show clothes on the clutch is sticking
Challenger dark blue why do I trust you when you tell me I'm a good thing

Girl I want to protect you I do oh
Your eyes destroying me
I'm wide open

All yours baby
Come down like a million tons
All yours baby
Flood me with your nervous love
All yours baby
Come down like a million tons
All yours baby
Flood me with your nervous love
All yours baby

Dévotion

CHANSON 3

Tu m'as fait déposer les armes mais je ne t'en veux pas
Je me déhanche sur Deftones, des paillettes jusqu'aux os, je t'aime comme une écervelée

Meuf je veux te protéger, je te promets
Tes doigts me brodent et
Je suis grande ouverte

Toute à toi baby
Vas-y tombe-moi dessus de tout ton poids
Toute à toi baby
Vas-y inonde-moi de ton amour nerveux
Toute à toi baby
Vas-y tombe-moi dessus de tout ton poids
Toute à toi baby

Maintenant que j'ai mis ma tenue de scène c'est l'embrayage qui coince
Dodge Challenger bleue pourquoi je te crois quand tu me dis que je suis une bonne chose

Meuf je veux te protéger, je te promets
Tes yeux me brisent et
Je suis grand ouverte

Toute à toi baby
Vas-y tombe-moi dessus de tout ton poids
Toute à toi baby
Vas-y inonde-moi de ton amour nerveux
Toute à toi baby
Vas-y tombe-moi dessus de tout ton poids
Toute à toi baby
Vas-y inonde-moi de ton amour nerveux
Toute à toi baby

I think in a way I've always loved you
I used to hate it when people said that shit
But I mean it
you make me feel free
Ripping it out of me like Kim Deal

Je crois que quelque part je t'ai toujours aimée
Avant je détestais ce genre de conneries
Mais je suis sincère
grâce à toi je me sens libre
Tu m'arraches ça des tripes façon Kim Deal

Process

To talk about process is to talk about

fragments, pecan trees, how when it doesn't work
it feels like someone is smashing your tailbone with a hammer.

To talk about process is to talk about

parachuting MDMA, gasping into a perfect face and plunging
into the redwarp of Ostbahnhof.

To talk about process is to talk about

control as illusion.

To talk about process is to talk about

wanting to be closer than skin
and more permanent than fucking allows for.

To talk about process is to talk about

cassava and okra, my courage contracting as we break night.

To talk about process is to talk about

the divine, punishing yourself, brushing bush mud out of the dog's curls,
mashing in the spearmint shampoo.

To talk about process is to talk about

necessity, because not doing this is unbearable,
because doing this is so unbelievably tender.

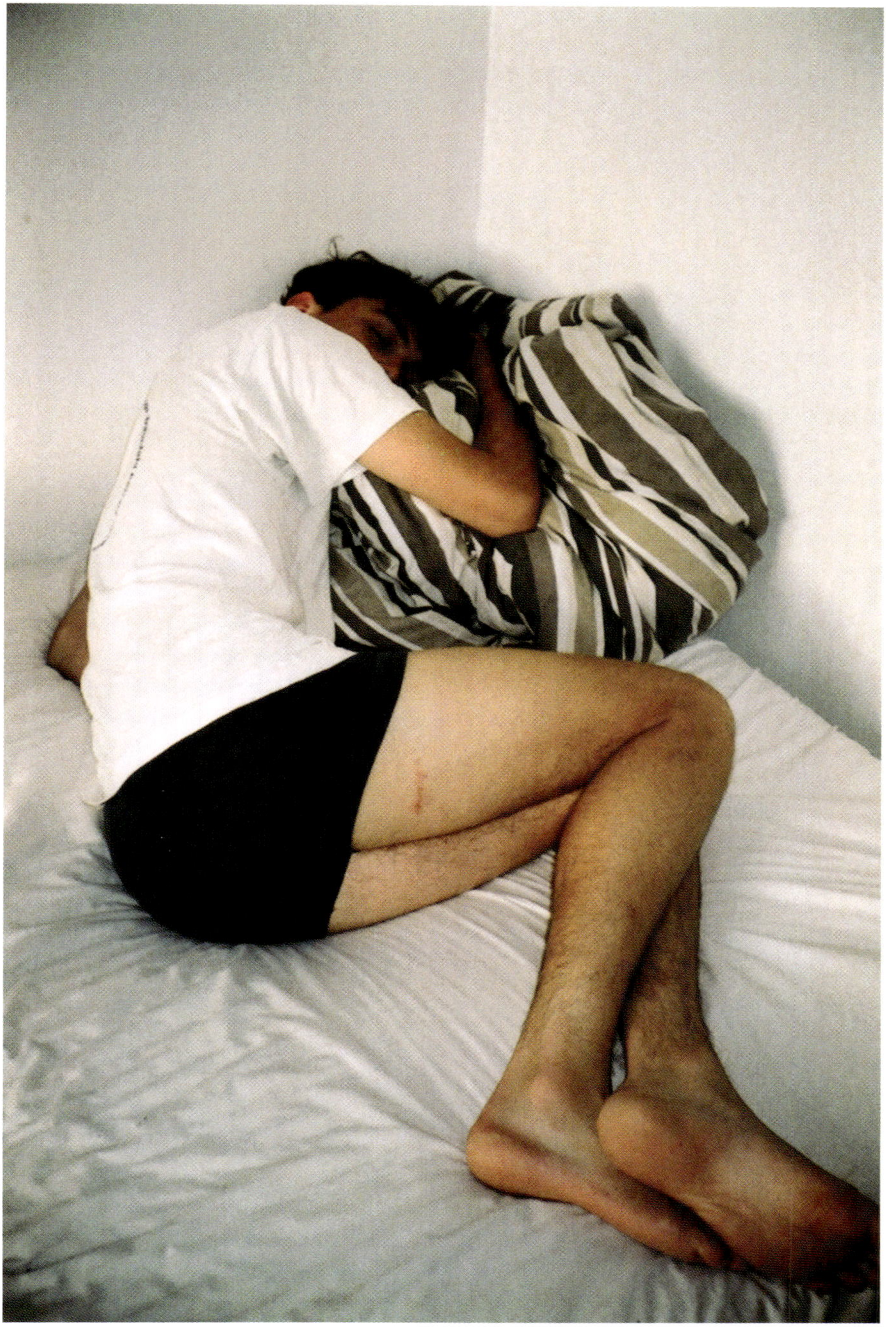

Processus

Parler de processus c'est parler de

fragments, noyers de pécan, et quand ça ne marche pas
on dirait que quelqu'un t'explose le coccyx au marteau.

Parler de processus c'est parler de

prendre un parachute de MD, baver devant un visage parfait et plonger
dans le vortex rouge de l'Ostbahnhof.

Parler de processus c'est parler du

contrôle comme d'une illusion.

Parler de processus c'est parler du

désir d'être plus proche que la peau
et plus permanente qu'on peut l'être en baisant.

Parler de processus c'est parler de

manioc et gombo, et mon courage se recroqueville avec notre nuit blanche.

Parler de processus c'est parler du

sacré, te flageller, brosser la boue dans les bouclettes du chien,
faire pénétrer le shampoing mentholé.

Parler de processus c'est parler de

nécessité, parce que ne pas le faire est insupportable,
parce que le faire est d'une tendresse inouïe.

Dream

the clearing shudders with field mice
my hair comes out in clumps
Sapporo beer and hypoallergenic lotion

a guy is crying with mud on his face
thrown to the edge of the beams
doing whatever dog ticks do to skin

he fucks with his eyes closed
dinosaur sheets rippling
the brakes fail

I cut myself
lampreys blister the lagoon
you are not in the forgiving mood

Rêve

la clairière frémit de mulots
mes cheveux tombent par poignées
bière Sapporo et lait hypoallergénique

un type sanglote le visage maculé de boue
chassé à la lisière des faisceaux
il fait comme les tiques sur la peau

il baise les yeux fermés
ondulation des draps dinosaures
les freins lâchent

je me coupe
lamproies boursouflant le lagon
tu n'es pas d'humeur au pardon

Purple Phase

SONG 5

Saturday was rotten to the core
Whispering to Jodie on the floor
Terrified of turning twenty-four, wet-eyed paranoid

Promising to rise above the thoughts
Try to flush her pills and get support
There's a centre in upstate New York, smoke-blue lakes and talks

I just want to see her iridescent, charming cats down from trees
Mugler aviators hiding eyes that laugh when concealed
Saviour instinct tells me use your hands to drag her to peace
to a place she can sleep

It's just a purple phase

Oh Jodie won't you tell me what you're holding on for? Holding on for?
I would find it all then I'd give it to you
I'd give it to you yeah yeah yeah

I just want to see her iridescent, charming cats down from trees
Mugler aviators hiding eyes that laugh when concealed
Saviour instinct tells me use your hands to drag her to peace
to a place she can sleep

It's just a purple phase It's just a purple phase
It's just a purple phase It's just a purple phase

I want you happy
I want you happy
I think you're precious
I think you're precious

Phase mauve

CHANSON 5

Samedi était vraiment pourri
Chuchoter par terre à l'oreille de Jodie
Terrifiée d'avoir vingt-quatre ans, parano larmoyante

Pleine de promesses de surmonter tout ça
Vouloir balancer ses cachets, chercher comment l'aider
Il y a ce centre dans le Nord, des lacs bleutés, de la parole

Tout ce que je veux c'est la voir irradier, charmer les chats perchés
Derrière des Aviators Mugler ses yeux rient en cachette
Mon instinct de sauveuse me dit sers-toi de tes mains pour la traîner en paix
Qu'elle puisse se reposer

C'est juste une phase mauve

Oh Jodie tu ne veux pas me dire à quoi tu t'accroches ? À quoi tu t'accroches ?
J'irai te le chercher, je te l'apporterai
Je te l'apporterai yeah yeah yeah

Tout ce que je veux c'est la voir irradier, charmer les chats perchés
Derrière des Aviators Mugler ses yeux rient en cachette
Mon instinct de sauveuse me dit sers-toi de tes mains pour la traîner en paix
Qu'elle puisse se reposer

C'est juste une phase mauve C'est juste une phase mauve
C'est juste une phase mauve C'est juste une phase mauve

Je veux ton bonheur
Je veux ton bonheur
Je te trouve précieuse
Je te trouve précieuse

I want you happy
I want you happy
Oh you're so precious
You're so precious to me

It's just a purple phase

Je veux ton bonheur
Je veux ton bonheur
Oh tu es si précieuse
Tu es si précieuse à mes yeux

C'est juste une phase mauve

Lanterns (Outside Tabaré)

I have been affected by New York and you can hear it in the songs. Mayonnaise on my shorts outside Metropolitan at 3 a.m. Bruised my graft on the turnstile at Hoyt-Schermerhorn. I was missing somebody and once I started I didn't know how to stop. My hold on reality slanted. Orange wine, tarot and provolone.

Walking by myself is the only thing that calms me down. The record is nowhere near finished and it's hurting me. I am what I make and sometimes I wish things were different. We go to Ginger's, I go home, I call my girlfriend and try to come back to my body. Everything's going to be okay. Everything's going to be okay. A boy in painting overalls draws Sparklehorse out of an SM58, sparkling.

Lanternes (devant Tabaré)

New York m'a marquée et ça s'entend dans les chansons. De la mayonnaise sur mon short devant le Metropolitan à 3 heures du mat'. Ma greffe meurtrie sur le tourniquet à Hoyt-Schermerhorn. Quelqu'un me manquait et une fois lancée je ne pouvais plus m'arrêter. Ma prise sur la réalité avait dévié. Vin orange, tarot et provolone.

Marcher sans personne, c'est la seule chose qui me calme. L'album est loin d'être terminé, et j'en souffre. Je suis ce que je fais et parfois j'aimerais mieux qu'il en soit autrement. On va chez Ginger's, je rentre, j'appelle ma copine et j'essaie de réintégrer mon corps. Tout ira bien. Tout ira bien. Un garçon en combinaison de peintre fait jaillir Sparklehorse d'un SM58, étincelant.

Dog Rose

SONG 8

You're jumping the turnstiles
And I'm feeling horrible, wearing your clothes
Gowanus and mezcal, it's your brother's birthday, the sky is dog rose

And I keep getting pangs
When I look up
Seeing you there, doing dishes for your stepmum
I hope it's not a big deal
You got me feeling hyper real
And I want to belong to you
I'm sorry if that scares you but I can't help it

I thought you could tell by my awkward devotion to making you laugh
Your cat in my arms, dancing to Enya hard,
Kicking out at your phone

And I'm watching you chew the side of your cheek,
Nicorette patch peeking under your angel sleeve
I hope it's not a big deal
You got me feeling hyper real
And I want to belong to you
I'm sorry if that scares you but I can't help it

Rosier des chiens

CHANSON 8

Toi tu sautes les tourniquets
Et moi je me sens trop mal, j'ai emprunté tes fringues
Gowanus et mezcal, c'est l'anniversaire de ton frère, le ciel couleur rosier des chiens

Et j'ai un pincement au cœur
Chaque fois que je te vois
là-haut, faire la vaisselle de ta belle-mère
J'espère que tu m'en voudras pas
Avec toi je me sens hyper là
Et j'ai envie d'être à toi
Pardon si ça te fait peur mais j'y peux rien

Je pensais que tu aurais deviné quand je me démène pour te faire rire
Je prends ton chat dans les bras, je danse à fond sur Enya,
Gesticulant derrière ton téléphone

Et je te regarde, tu te mordilles la joue,
un patch Nicorette sous ta manche à froufrous
J'espère que tu m'en voudras pas
Avec toi je me sens hyper là
Et j'ai envie d'être à toi
Pardon si ça te fait peur mais j'y peux rien

After Watching *The Watermelon Woman* in My Childhood Bedroom

This is a note for the black kid who is

soft, painting horses at the kitchen table

horrible with fear, reaching for his father's hand in family therapy and finding comfort

elated and full of guava, his skirt sailing in the wind

self-harming (please stop, we need you)

box-dyeing their hair emerald green like Frank on the cover of *Blonde*

pinned to a twin bed fumbling the clasp

(this is her first girlfriend, her name is Noor and she smells like Christmas trees)

confused about what not to be

thrashed through, digitally bathed at the heart of the Deftones pit, eyeliner sweating,
star-patched knees

dreaming so big it's painful (never stop)

cupping the flame whilst their best friend lights the candles

I love you

Après avoir regardé *The Watermelon Woman* dans ma chambre d'enfant

Ceci est une lettre à l'enfant noir qui

est doux, peint des chevaux à la table de la cuisine

horrible de terreur, cherche la main de son père en thérapie familiale et trouve le réconfort

euphorique et gorgé de goyave, sa jupe flottant au vent

se fait du mal (je t'en prie arrête, on a besoin de toi)

se teint les cheveux en vert émeraude comme Frank sur la jaquette de *Blonde*

plaquée sur un petit lit tripote une boucle de ceinture

(elle est avec sa première copine, qui s'appelle Noor et sent le sapin de Noël)

est paumée sur ce qu'il ne faut pas être

se fait bousculer, plonge dans le grand bain digital de la fosse des Deftones,
eye-liner qui coule,
genoux rapiécés d'étoiles

a des rêves tellement grands que ça fait mal (n'arrête jamais)

tient la flamme au creux de ses mains tandis qu'iel regarde son meilleur pote
allumer les bougies

Je t'aime

Midday, Fukushima Gardens

The boy is about to faint,
rain-glazed and peroxide blond,
the scar the pitbull left
dapples his forearm like white oil.

Something crystallises in his features, it gushes and kicks.
His mouth is a blood crust.

Suddenly I picture him
tiny and ice-cream smeared
pawing at scutch grass in a yellow anorak –
I want to give him the beauty at the brim of my eyes, to say
please do not do this to us.

Midi, Fukushima Gardens

Le garçon est au bord du malaise,
verni de pluie et blond peroxydé,
la cicatrice laissée par le pitbull :
des traces d'huile blanches maculant son bras

Quelque chose se cristallise dans ses traits, jaillit et se débat.
Sa bouche est une croûte sanglante.

D'un coup je l'imagine
tout petit barbouillé de glace
piétiner le chiendent dans son anorak jaune –
Je veux lui offrir la beauté qui me monte aux yeux, dire
je t'en prie ne nous fais pas ça.

Impurities

SONG 2

Piling in the Escalade my chest is buzzing like a bluebird caged
Laugh like Juliette Binoche you touch my leg to make sure I'm still there

I radiate like a star, like a star when you embrace all my impurities and I feel clean again

Oh the look you threw me then was so intense that it was physical
You're the rainbow in my soap you notice beauty in more forms than most

I radiate like a star, like a star when you embrace all my impurities and I feel clean again
Don't hide the bruise when you know I'm watching baby I know it's hard to be alive sometimes
I radiate like a star
When you embrace all my impurities and I feel clean again

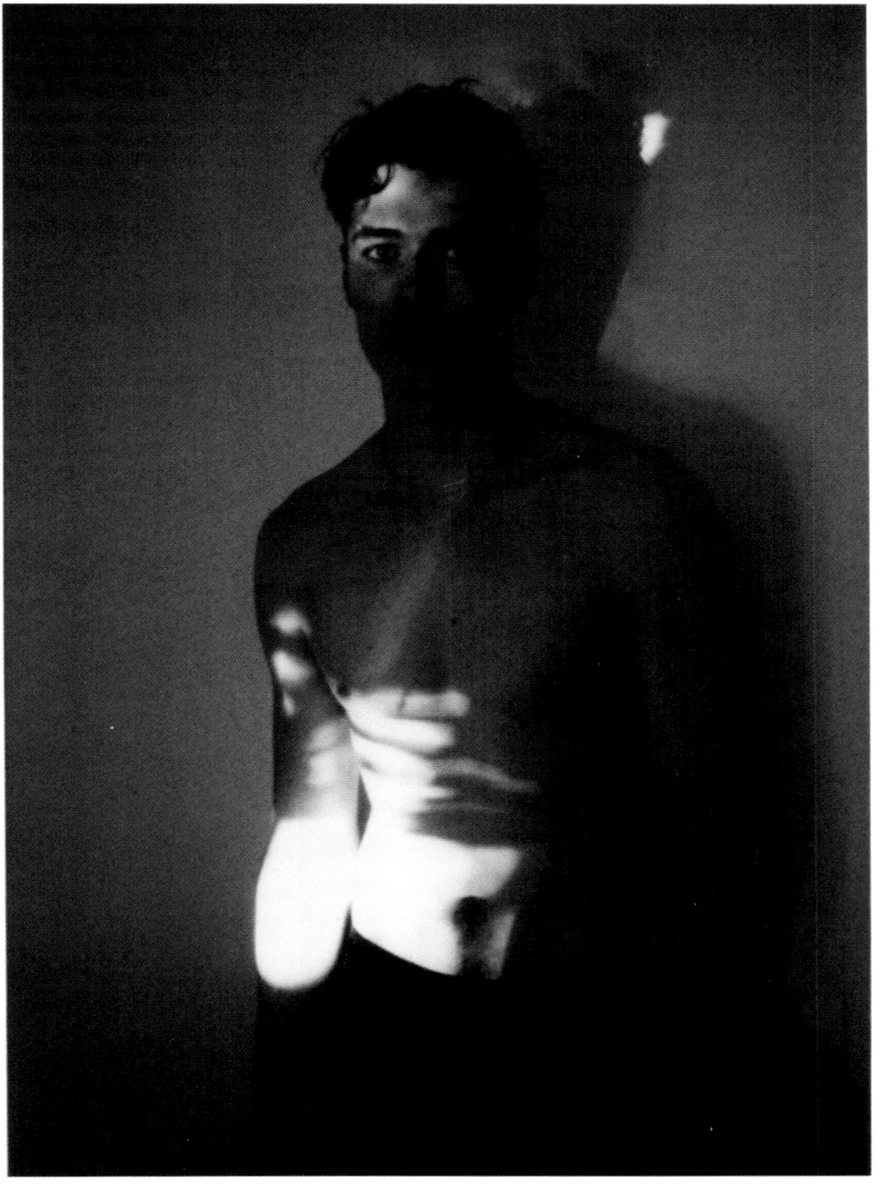

Impuretés

CHANSON 2

On s'entasse dans l'Escalade j'ai le cœur qui palpite comme un merlebleu en cage
Rires à la Juliette Binoche et toi qui touches ma jambe pour vérifier
que je suis toujours là

J'irradie tel un astre, tel un astre quand tu embrasses toutes
mes impuretés et je me sens lavée

Oh le regard que tu m'as lancé ce jour-là était tellement intense qu'il prenait corps
Tu es l'arc-en-ciel dans mon savon tu sais voir la beauté où peu d'autres la trouvent

J'irradie tel un astre, tel un astre quand tu embrasses toutes
mes impuretés et je me sens lavée
Ne cache pas tes bleus quand tu sais que je veille baby je sais que c'est dur
de vivre parfois
J'irradie tel un astre
Quand tu embrasses toutes mes impuretés et je me sens lavée

Soft to Your Impact

So I am in bed with a migraine, hair dripping
with flame. (Livid with nerves, March snow,

soft bread soaked in beans.) I am alive but
resting for the minute. Porcupine bed-hair, you

soothe me, never embarrassed by my nervous
laughter, by my intrusions at dusk. Your

reading eyes stabbing. (Blue hydrangeas set
in coconut milk.) I have always considered

myself difficult to hate and difficult to love.

Fondre à ton impact

Je me retrouve au lit avec la migraine, cheveux dégoulinants
d'injures. (Nerfs en furie, neige de mars,

pain mou trempé dans les haricots.) Je suis en vie mais
je me repose un instant. Porc-épic hérissée de sommeil, tu

m'apaises, tu n'as jamais honte de mon rire
nerveux, de mes intrusions crépusculaires. Tes

yeux qui lisent sont des poignards. (Hortensias bleus dans
du lait de coco.) Je me suis toujours trouvée

difficile à haïr et difficile à aimer.

The First Death

Do you remember the lake?

Pigeon stormed and learning to be weak.
We spoke about everything: the first death,
the red blaze of it, the sandalwood, breaking
down in the shower, trying to make amends.

It was horrible. We were unsure and unspiritual.
You took to hoarding, wore devastation
as strawberry pink, as a concentration.

I went away for sea air, split hairs and rabbits,
bright-eyed in the heather. Buried myself
in grief books, muscled through ginkgo-feathered mornings
for your sake, sat up in bed inconsolable,
stomach ulcered from gasping (*where are you?*).

Do you remember the lake?

La première mort

Te souviens-tu du lac ?

Sous une déferlante de pigeons, apprendre la faiblesse.
On a parlé de tout : la première mort,
cette déflagration rouge, le bois de santal, s'effondrer
sous la douche, tenter de se racheter.

C'était horrible. Nous étions incertaines et impies.
Tu t'es mise à accumuler, tu portais ta dévastation
couleur de fraise, comme une concentration.

Je suis partie chercher l'air marin, les pointes fourchues et les lapins,
les yeux brillants dans la bruyère. Je me suis enfouie dans les
livres de deuil, j'ai puisé toutes mes forces pour franchir les matins frangés
    de ginkgo
pour toi, je suis restée au lit inconsolable,
l'estomac ulcéré à force de suffoquer (*où es-tu ?*).

Te souviens-tu du lac ?

Simulacrum

When you leave I start to bruise
then pretend I am not thinking of enough-ness
(saturated with our unbraiding).
Elliott floods the car.

You skate, humming, towards the
North Star in dark wool (a habitual blend).
The swan of your form infuriates me, I want to hurt you.

Kirsty says to get angry, to
be a bear blue and rage-dipped,
to punch pillows (I'm not sure how).
How do the badly loved undo?

Simulacre

Quand tu t'en vas je me couvre de bleus
puis je fais mine de ne pas penser à suffire
(saturée par nos dénattages).
Elliott inonde la bagnole.

Sur ton skate, tu fredonnes, direction
l'étoile polaire en laine noire (mariage courant).
Le cygne de ta silhouette me rend dingue, j'ai envie de te faire mal.

Kirsty m'incite à me mettre en colère, à
me changer en ourse bleue imbibée de rage,
à frapper les coussins (je ne sais pas trop comment).
Comment réparent les mal aimé·es ?

Ghost

SONG 12

I'm stumbling around the park just to think
I'm always startled when the ghost of things appear unwanted
The swans are gliding as the wind whips and stings
the sapphire in my signet ring

I know that it's been a while since I came over
And let you drape your arm round my bad shoulder
When I trust you I'll crush my composure

Wanna tell you the truth
Melt right into you
Let you be the glue
Melt right into you

Between the sheets of rhododendron and sky
I cast my mind across the day you said you'd always be there
I pushed a curl of hair away from your eye
And said *It's sweet of you to lie*

I know that it's been a while since I came over, it's hard to be unguarded
I know I come across cold
Dropping out like a stone when I'm crumbling, but I owe you the truth

Wanna melt right into you
Melt right into you
Let you be my glue
Melt right into you, you

Fantôme

CHANSON 12

Je déambule à travers le parc juste besoin de réfléchir
Les fantômes qui surgissent sans prévenir me font toujours bondir
Les cygnes glissent tandis que le vent cingle et gifle
le saphir qui orne ma chevalière

Je sais je ne suis pas venue te voir depuis un moment
Te laisser enlacer mon épaule abîmée
Quand je m'en remets à toi je perds tout mon sang-froid

Je voudrais te dire la vérité
Me laisser fondre en toi
Pour que tu puisses me recoller
Me laisser fondre en toi

Entre les draps de rhododendron et de ciel
Je revois le jour où tu m'as dit que tu serais toujours là
J'ai écarté une boucle qui te tombait sur l'œil
Puis répondu *c'est gentil de me mentir*

Je sais je ne suis pas venue te voir depuis un moment, c'est dur de baisser la garde
Je sais je parais froide comme ça
Lourde comme une pierre quand je m'écroule, mais je te dois la vérité

Je voudrais me laisser fondre en toi
Me laisser fondre en toi
Pour que tu puisses me recoller
Me laisser fondre en toi, toi

I'm so easily wounded glasses of pineapple juice out on the Heath my head
    in your lap you offer me space
wild bees and sweat I'm scared if I tell you you'll think of me as weak
    I don't wanna be that friend who's
always in pain so I bottle it up it hurts when I do it we stare at the sun

Wanna let you in wanna let you help me
Wanna let you in wanna have transparency
Wanna let you in wanna tell you everything everything

Melt right into you
Let you be the glue
Melt right into you

Je suis si facile à blesser verres de jus d'ananas sur la pelouse du Heath ma tête
sur tes genoux tu me laisses de l'espace
abeilles sauvages et sueur j'ai peur si je te raconte que tu me trouves faible,
pas envie d'être cette amie
toujours en souffrance alors je ravale tout ça fait mal on contemple le soleil

Je voudrais te laisser entrer je voudrais te laisser m'aider
Je voudrais te laisser entrer je voudrais être transparente
Je voudrais te laisser entrer je voudrais tout te raconter, tout

Me laisser fondre en toi
Pour que tu puisses me recoller
Me laisser fondre en toi

Blades

SONG 4

I'm exhausted watching like Claire Danes through the water, kitchen light like
blades through your
body, the party's ablaze

We grew apart when you were fighting with your sister
I don't think I realised how horribly I missed you now regret is flowering inside me
while I'm scooping
ice

Hope you know that I, I just don't know what to do
Cause I only want to be with you

I remember there was something strangely romantic in our friendship
we were dramatic I wept in
your arms

Talking for hours on the gravel letting our backs burn
Walking to Boxers linking pinkies wearing matching pearls
And now I'm struggling I'm choking up without the words

Hope you know that I, I just don't know what to do
Cause I only want to be with you
I just miss your voice saying we're alright calling when you're lonely late at night
Cause I only want to be with you

So I make my way over as the white lightning zigzags
And you're with Ahmed plum-red slacks and tequila fresa
And you laugh the same hand on mouth cause you hate your teeth and
I love your teeth and I'm
scared to speak as I catch a whiff of your Rose Diptyque

Des lames

CHANSON 4

Je n'en peux plus de te regarder comme Claire Danes à travers l'aquarium,
    les lumières de la cuisine transpercent ton corps telles
des lames, le dancefloor est en feu

On a pris nos distances, tu te disputais avec ta sœur
Je crois que j'ignorais que tu me manquais atrocement ce soir mes regrets
    fleurissent pendant que je me sers
de la glace

Tu le sais j'espère, je ne sais vraiment pas quoi faire
Moi tout ce que je veux c'est être avec toi

Je me souviens, notre amitié était bizarrement romantique, toujours si dramatique,
    je pleurais dans
tes bras

On bavardait des heures sur les graviers on se laissait griller le dos
On filait au Boxers en se tenant par le doigt avec nos perles assorties
Et maintenant je souffre je m'étouffe et je n'ai pas les mots

Tu le sais j'espère, je ne sais vraiment pas quoi faire
Moi tout ce que je veux c'est être avec toi
Juste entendre ta voix pour me dire que ça va, m'appeler quand tu te sens seul le soir
Moi tout ce que je veux c'est être avec toi

Alors je m'approche sous les zigzags blancs de la foudre
Tu es avec Ahmed, pantalon prune et tequila fresa
Et tu ris comme toujours en te couvrant la bouche parce que tu hais tes dents
    et moi j'adore tes dents et j'ai
peur de parler quand m'arrive une bouffée de ton Eau Rose Diptyque

But I, I just don't know what to do
Cause I only want to be with you
I just miss your voice saying we're alright calling when you're lonely late at night
Cause I only want to be with you

Tu le sais j'espère, je ne sais vraiment plus quoi faire
Moi tout ce que je veux c'est être avec toi
Juste entendre ta voix pour me dire que ça va, m'appeler quand tu te sens seul le soir
Moi tout ce que je veux c'est être avec toi

Wednesday

Missing is visceral. Missing is aggressive. Missing decays, turns in on itself like some prickled black animal, falling almost to my knees in the lift of the DoubleTree, wanting to butterfly, chopping through air, back to the birdcage, to 'my love', those words without test, without speed, without rim, 'my love', those words wild boars, cacao nibs, muscovado sugar – leaving me soft.

I am soft like Wednesday
I am soft like Wednesday
I am soft

Wednesday

Le manque est viscéral. Le manque est agressif. Le manque se décompose, se recroqueville sur lui-même comme un animal noir qu'on aiguillonne, je suis presque à genoux dans l'ascenseur du DoubleTree, je veux papillonner, fendre l'air, retrouver la cage à oiseaux, retrouver « mon amour », ces mots sans test, sans vitesse, sans pourtour, « mon amour », ces mots sangliers, fèves de cacao, sucre muscovado – ces mots qui m'adoucissent.

Je suis douce comme Wednesday
Je suis douce comme Wednesday
Je suis douce

Cellular

I am thinking about it all in a different way now.
I didn't know you were sick, that you almost lost your heart to it.

Cellular love, diaphanous, cusping twenty-one and wading through
the pink slush of crisis.
The feeling of being yours earthed me, black hair gripped at the base,
barbed wire clean through the palm.

I didn't have the resources to be angry about any of it.
I liked feeling small in your arms, the weird, feminine shiver it gave me

(screen door slashed, wincing through July, peppery Massaya wine).
You decided to protect me, and that was the beginning of the end.

Cellulaire

Je vois tout ça sous un jour différent maintenant.
J'ignorais ta maladie, que tu y avais presque laissé ton cœur.

Amour cellulaire, diaphane, à l'aube des vingt et un patauger dans
la soupe rose de la crise.
Sentir que je t'appartenais m'enracinait, cheveux noirs agrippés à la base,
barbelé traversant nettement la paume.

Je n'avais pas les moyens de me mettre en colère.
J'aimais me sentir toute petite entre tes bras, ce drôle de frisson féminin

(moustiquaire lacérée, juillet dans une grimace, vin Massaya poivré).
Tu as décidé de me protéger, et c'était le début de la fin.

Room (Red Wings)

SONG 11

(Pull up when you want me I would)

Itching the scar on my arm, solo to keep me from harm, haven't heard
from you since I bleached my
roots
Ghosting me hard for a kick, blowing me up when you need it, my wings are clipped
and my head's
in bits

Yeah we spent a summer so entangled as the sugar browned
And you started hurting me cause you were turning inside out
Yeah you know I'd pull up for you even when you let me down

I'd pull up, pull up for you
Without you, I'm devastated now
I just want to eat cake in a room with a view

(Pull up when you want me I would)

B-roll of us in my lids, dusting the coke off your fist, you were so far up,
I would worry desperately
Trying my best to be strong then breaking down to my mum watch the ginkgo
leaves as the windows
steam

Yeah we spent a summer so entangled listening to Frank
And I never dreamed that you would lose yourself so far so bad
Yeah you know I'd pull up for you even when you make me so sad

I'd pull up, pull up for you
Without you, I'm devastated now
I just want to eat cake in a room with a view

Chambre (Ailes rouges)

CHANSON 11

(Toujours j'étais là quand tu voulais de moi)

Je gratte la cicatrice sur mon bras, solo pour éviter de souffrir, pas eu de tes nouvelles depuis que j'ai décoloré mes
racines
Tu me ghostes juste pour le kiff, tu me harcèles quand t'as besoin, j'ai les ailes coupées et la tête en
miettes

C'est vrai on a passé l'été collés-serrés pendant que la brune chauffait
Tu t'es mis à me faire du mal parce que tu te retournais la tête
C'est vrai tu sais j'étais là même quand tu me laissais tomber

Toujours j'étais là, toujours là pour toi
Sans toi je me retrouve anéantie
Juste envie de manger du gâteau dans une chambre avec vue

(Toujours j'étais là quand tu voulais de moi)

Des images de nous deux sous mes paupières, souffler la coke sur ton poing, tu étais tellement loin, j'étais morte d'inquiétude
Faire de mon mieux pour être forte puis craquer devant ma mère, contempler les feuilles de ginkgo et les vitres
embuées

C'est vrai on a passé l'été collés-serrés à écouter du Frank
Et je n'aurais jamais pensé que tu te perdrais si loin si mal
C'est vrai tu sais j'étais là même quand tu me rendais super triste

Toujours j'étais là, toujours là pour toi
Sans toi je me retrouve anéantie
Juste envie de manger du gâteau dans une chambre avec vue

(Pull up when you want me I would)

We could've been immortal (oh yeah oh yeah)
But the dream fell flat without you
You were on a different page
Without you, I'm devastated now
I just want to eat cake in a room with a view

(Toujours j'étais là quand tu voulais de moi)

On aurait pu être immortels (c'est vrai, c'est vrai)
Mais sans toi le rêve est tombé à plat
Tu n'en étais pas au même point
Sans toi je me retrouve anéantie
Juste envie de manger du gâteau dans une chambre avec vue

Straining Against the Leash // New Moon

red polyester, diamond stud scintillating

he is a ketchupped Wales Bonner, built like an osier willow
(an exercise in black elegance)

his granular gaze
bandages me, circular sweeping,
a drone.
The barber sticks his tongue out
sculpting
I drop his dancing eyes, slide back to meet them
(wanting to be more subliminal somehow, take the dirt out of it)
but he's calling Leo in the chair

//

olive oil boy, open flame
I may never change your life but
today is still a good day.

Tirer sur la laisse // Nouvelle lune

polyester rouge, clou en diamant qui scintille

c'est un Wales Bonner au ketchup, taillé comme un rameau de saule
(une démonstration d'élégance noire)

son regard précision laser
bande mon corps, balayage circulaire,
un drone.
Le barbier tire la langue
en sculptant
je lâche ses yeux dansants, reviens à leur rencontre
(j'aimerais être un peu plus subliminale, que tout ça soit moins sale)
mais il téléphone à Leo du fauteuil

//

garçon à l'huile d'olive, flamme nue
je ne changerai sans doute jamais ta vie mais
c'est quand même une belle journée.

Weightless

SONG 6

Cardamom and jade as your eyes streamed on the night you showed your volcanic side
And I'm afraid to need validation
Waiting for the day when you finally try

There are sandflies in the champagne
You are closed off, I am so drained
but I sparkle in the rare case that you tell me I'm your sunray
I am starved of your affection, you are crushed under the pressure
But you won't change, no you won't change

I don't wanna wait for you but I need you so I won't go

Tethered to the person you could be
Re-reading our texts from the strawberry days
Just give me a sign that you want me
Just give me a sign that you want to stay

There is blue glass in the soft rain
You are passive, I am in pain
But I sparkle in the rare case that you tell me I'm your sunray
I am starved of your affection, you are crushed under the pressure
But you won't change, no you won't change

I don't wanna wait for you but I need you so I won't go

And I usually know my strength, but here I am at ninety degrees bent, a metallic taste at the back of
my throat, watch your deltoid flex as you cough on the phone, and I've lost my grit and I'm in my
head, you're so withdrawn and I'm standing there keeping wool over my eyes, keeping wool over
my eyes

I don't wanna wait for you but I need you so I won't go

Apesanteur

CHANSON 6

Cardamome et jade et tes yeux ruisselants le soir où tu m'as montré ton côté volcanique
Et j'ai peur de mon besoin de validation
En attendant le jour où tu te lanceras enfin

Des moucherons plein le champagne
Tu es fermé, je suis tellement vidée
mais je scintille au cas où, si jamais tu m'appelais ton rayon de soleil
j'ai si soif de ton affection, et toi tu croules sous la pression
Mais tu ne changeras pas, non tu ne changeras pas

J'ai pas envie de t'attendre mais j'ai besoin de toi alors je reste là

Enchaînée à la personne que tu aurais pu être
Je relis les messages de notre temps des cerises
Fais-moi juste un signe si tu veux de moi
Fais-moi juste un signe que tu comptes rester là

Du verre bleu se mêle à la pluie fine
Tu restes passif, et moi je peine
mais je scintille au cas où, si jamais tu m'appelais ton rayon de soleil
j'ai si soif de ton affection, et toi tu croules sous la pression
Mais tu ne changeras pas, non tu ne changeras pas

J'ai pas envie de t'attendre mais j'ai besoin de toi alors je reste là

D'ordinaire je connais ma force, mais là je suis pliée à angle droit, un goût métallique tout au fond de
ma gorge, je regarde ton deltoïde se contracter quand tu tousses au téléphone, et j'ai perdu ma hargne et je suis dans mon
crâne, toi tu es tellement loin et moi je reste plantée là les yeux couverts de laine, les yeux couverts
de laine

J'ai pas envie de t'attendre mais j'ai besoin de toi alors je reste là

Mutual Becoming

after 'Simulation Swarm'

hot tar
steel-cut oats and marmalade
a cottage for my brother to enjoy
loam soil, a celestial helplessness
tears on the pillow
as a ribbon
or a choice

Advenir ensemble

d'après « Simulation Swarm »

goudron chaud
avoine épointée et marmelade
un cottage pour mon frère
terreau limoneux, impuissance céleste
des larmes sur l'oreiller
comme un ruban
ou un choix

Stone-licker Stream of Consciousness (for the album cover)

the distance stretches
like a swelling tendon
life is a fight
working blade into venison
snow-peppered acres
Harmony Korine car stickers
a kite distorting cedar and blue
tiger lilies and Dad Grass on the counter
a machine can have green veins and breath
steam clouds in October ('Flim') on the motorway sky like a flood of gorse
and breaking after
you let me kiss your head before
going inside even though it was snowing and I
ended up missing you when I didn't want to and
being in more pain than I could cope with

Flux de conscience du suce-pierre (pour la pochette de l'album)

la distance s'étire
comme enflerait un tendon
la vie est un combat
promener une lame dans la venaison
hectares saupoudrés de neige
autocollants Harmony Korine sur les pare-chocs
un cerf-volant déformé cèdre et bleu
lys de Colombie et clopes Dad Grass sur le comptoir
une machine peut avoir les veines vertes et du souffle
nuages de vapeur en octobre (« Flim ») dans le ciel d'autoroute : un déluge d'ajoncs
qui se brise après
tu me laisses embrasser ton front avant
de rentrer même s'il neigeait et que j'ai
fini par te regretter contre ma volonté et
souffrir davantage que je ne pouvais le supporter.

A Note for Arthur Russell

I have been thinking about Arthur. Blasting through prairies barefoot after his dad found weed in his bedroom. I have been thinking about girls in latex spilling Campari, dancing to Loose Joints, doing balloons and talking about God. Arthur with his shyness and his big wounded eyes. Shimmering in the corn belt. Arthur in a white shirt looking across the fields, looking so handsome, calling a dog or waiting for his sister. I'm undone on the couch in San Francisco and cradling my own body – 'Losing my Taste for the Night Life' is playing low – I'm sinking and sweating into myself. His voice is blackberry jam, a pain so pure you can't tear it out, it just leaves its hand resting on your back forever.

Lettre à Arthur Russell

Ces derniers temps je pense à Arthur. Il vole pieds nus dans la prairie, son père vient de trouver de l'herbe dans sa chambre. Je pense aux filles en latex qui renversaient leur Campari, dansaient sur Loose Joints, se tapaient du protoxyde d'azote et déblatéraient sur Dieu. Arthur avec sa timidité et ses grands yeux blessés. Un scintillement dans la Corn Belt. Arthur en tee-shirt blanc contemplant les champs, si beau, en train d'appeler un chien ou d'attendre sa sœur. Chavirée sur un canapé de San Francisco je me berce dans mes bras – « Losing my Taste for the Night Life » en fond sonore – et je me noie en moi, je transpire. Sa voix, de la confiture de mûres, une douleur si pure que tu ne peux l'extirper, et sa main reste simplement posée sur ton dos pour toujours.

I'm Sorry

SONG 10

Butterflies in my skull when you sat me down at the Dayglow café
I know that I haven't been myself
that I've lost my courage

Petrol in the air, wisteria and scrambled eggs
Try to pin me down, but I can't stand to show you he affected me

I'm sorry
it's easier to be numb
I'm sorry
it's really just hard to trust anyone

Sky-blue shirt and I'm so desperately hurt but I
know you're there
And I can't make myself open up as the sirens blare

Petrol in the air, wisteria and scrambled eggs
Try to pin me down but I can't stand for you to see me like this

I'm sorry
it's easier to be numb
I'm sorry
it's really just hard to trust anyone

I've been working incessantly,
but that won't keep the wolves at bay
I've been working incessantly
like a wasp, feeling trapped and crazed
tried to tell my therapist everything, tried to meditate, fuck the pain away,
tried to move out to LA,
dye my hair lime, be a saint

Désolée

CHANSON 10

Des papillons dans le crâne quand tu m'as traînée au Dayglow café
Je sais que je n'étais pas moi-même
que j'avais perdu courage

Odeur d'essence dans l'air, glycine et œufs brouillés
Tu cherches à me faire parler, mais je ne supporte pas de te montrer qu'il m'a affectée

Désolée
c'est plus facile de m'engourdir
Désolée
c'est si dur de faire confiance aux gens

Un tee-shirt bleu ciel et la douleur est telle mais je
sais que tu es là
Et je n'arrive pas à m'ouvrir dans les hurlements des sirènes

Odeur d'essence dans l'air, glycine et œufs brouillés
Tu cherches à me faire parler, mais je ne supporte pas que tu me voies dans cet état

Désolée
c'est plus facile de m'engourdir
Désolée
c'est si dur de faire confiance aux gens

J'ai travaillé sans relâche,
mais ça n'a pas suffi à éloigner les loups
J'ai travaillé sans relâche
comme une guêpe, prise au piège, affolée
j'ai essayé de tout dire au psy, j'ai essayé de méditer, de baiser pour chasser
la souffrance, de déménager à L.A.,
de me teindre en vert citron, d'être une sainte

But I won't peek through the blinds I've shut in myself and
so nothing changed
Yeah I won't peek through the blinds I've shut in myself and so
nothing changed

I'm sorry
it's easier to be numb
I'm sorry
it's really just hard to trust anyone

Mais j'ai baissé le store de mon âme et je refuse de regarder entre les lames,
alors rien n'a changé
Oui j'ai baissé le store de mon âme et je refuse de regarder entre les lames,
alors rien n'a changé

Désolée
c'est plus facile de m'engourdir
Désolée
c'est si dur de faire confiance aux gens

Kaolinite

February wind warping
Divine Hammer on CD
we can hear your scary older brother
charging around in pond-wet New Balances
and still we are rippling through the orange
reeds of each other
being brave
reading about Mary Oliver gathering clams
putting our feet in the cold
mud of today and whispering
back and forth
'thank you
for staying as long as you have'

Kaolinite

Vrilles du vent de février
Divine Hammer en CD
on entend ton grand frère qui nous fait peur
cavaler dans ses New Balance trempées d'étang
et malgré tout on fait courir nos vagues dans la
roselière orangée de l'autre
courageuses
on lit que Mary Oliver ramassait les palourdes
on plante nos pieds dans la boue
froide du jour et on murmure
tour à tour
« merci
d'être restée si longtemps »

Remerciements

J'aimerais remercier :

Ma communauté – Bleue, Laetitia, Clyde, Alex et Holden : vous m'avez entourée si tendrement et si totalement pendant tout ce temps.

Mon soleil et ma meilleure pom-pom girl, Ash.

Annie Ernaux, Spike Lee, Ocean Vuong, Olga Tokarczuk, Justine Kurland, Gus Van Sant et Wong Kar Wai.

Ces ciels de montagne qui vous écrasent tel un immense animal bleu.

L'Arroyo Seco Parkway en direction de Pasadena, pour m'avoir laissé le temps d'infuser et d'amender dans ma tête (à grande vitesse).

Arthur Russell, Missy Elliott, Dean Blunt, Nine Inch Nails, Grouper et My Bloody Valentine : ce livre n'existerait pas sans vous.

Mon équipe et ma famille chez 4th Estate et Dey Street pour avoir respecté la vision et assemblé mes idées.

Meredith – tu es le ciment – merci pour tout.

Mon meilleur ami Daniyel – pour tes yeux, ta patience et l'amour sincère et profond que nous nous portons : ce livre n'existerait pas sans toi.

Table

Écoutez l'album *My Soft Machine* et toute la musique d'Arlo Parks
sur votre plateforme préférée

#lisez! engagé
www.lisez.com
Pour plus d'information :
Imprimé sur du papier issu de forêts gérées durablement.

Achevé d'imprimer en septembre 2023
par Normandie Roto Impression s.a.s.
61250 Lonrai (Orne)
N° d'édition : 65852/01 - N° d'impression : 2303405

Imprimé en France